歌集

こちら向きゐし

大塚布見子

現代短歌社文庫

目　次

夜明け九十九里

日はいまだ出でぬに海境《うなさか》仄かにも虹の色さし匂ひ初めたる

寒の夜の明けんとしつつ天上にきらめく星は夏の星座ぞ

オリオンの沈みさそりは大いなるS字を描く寒の夜の明け

アンタレス牽牛織女《けんぎうしよくぢよ》白鳥座寒の夜明けの星はなばなし

引き明けの空にきらめく星星の光《かげ》薄れつつ消えゆくあはれ

あけぐれの未だま暗き闇の海漁《いさ》りの船かいくつともし火

漁り船帰りくるらし暗き海速度をもちて動くともし火

海境《うなさか》に曙の色見え初めて時長かりき日の出づるまで

天地《あめつち》の明け放たれておもむろに日は出づるなり橙黄《たうくわう》の円

引く波を追ひては駆けり寄せくるに追はれ駆けくるいくつ千鳥子《ちどりご》

日輪の出づるををろがみ天《あま》づたふ日のままひと日遊行はせしか

日出づるを見しが日輪忘れゐて夕べ入り日に向きて帰り来

羽越路を行く

左手《ゆんで》には青海右《め》手に青き山見つつし行くも梅雨《つゆ》晴れ羽越路《うゑつぢ》

草丘《くさをか》のみどりあたらし白き花空木《うつぎ》野茨《のいばら》きはやかに咲く

人あらぬホームに大き薔薇一輪日にかがやける小駅過ぎぬ

矢車草立葵銭《ぜに》葵カンナ咲きこの海沿ひははや夏の景

畑に咲く矢車菊をいまし切り持ちゆく農婦を車窓には見き

海の辺の草丘なだり風のむたゆれゆれて目に沁む薊《あざみ》のむらさき

わが目見《まみ》の高さにつづく海境《うなさか》の青きを見つつ羽越路行くも

上総　夏より秋

鳴るとしもなく鳴りにける風鈴のかそけき音よ昼の閑《しづ》けく

ほととぎす昨日は東に今日西に声聞こえけりいつまでを啼く

遅れ鳴くみんみん蟬のひとつ声はるけく聞こゆ秋かぜのなか

この街の野なりし頃をしのべとや石畳の絵はすすき撫子《なでしこ》

鬼灯《ほほづき》はあな地に低く赤き実をつけゐたりけり土にまみれて

秋草のつるぼの花の咲く見れば彼岸の古墓《ふるはか》むかしの如し

崖《まま》なだり白妙蔽ひ群れ咲くは仙人草なり匂ひはなちて

葛《くず》の花総状花序《そうじやうくわじよ》に咲くといへその秀《ほ》するどき立房《たちふさ》にして

四十雀《しじふから》の声あたらしと聞きにけりこの朝蟬の声絶え果てぬ

あしあと

風紋のしるけき浜砂踏みて来て振り返るときわれの足跡

庄内路をゆく

しぐれふるゆゑに清《すが》しき庄内路《しやうないぢ》菊ももみぢも露をとどめて

善宝寺《ぜんぽうじ》魚の供養をするからに鐘よひびかへ海の底ひに

人面魚《じんめんぎよ》棲むとぞいへり善宝寺その面《も》思ひつつ過ぎて来にけり

旅人は酒の匂ひに酔ひしとぞ鶴岡大山町を過ぎゆくときに

この町の古きをしのばせ堀端の桜は幹太く黒黒として

借景に鳥海《てうかい》の山見ゆるといふ林泉《しま》にしぐれの雨はたばしる

ゆくところ菊咲き柿赤き庄内路をりをりしぐれのさ走りて過ぐ

夕つ日を追ひつつ海の辺ゆきゆけり岬をいくつ湾いくつ過ぎ

湯野浜にきたりて海に入る夕日にあふことを得たり旅のさきはひ

「サキクサ」十九周年祝歌

さきくさの三《み》つ山の神いまします出羽《いでは》に祝ぐも「サキクサ」十九周年

さきくさのゆかり尊し出羽なる三つのみ山よ守らせたまへ

「雪の降るまち」につどひて清らなる雪片のごとき歌詠まんかな

日本海に沈みゆくなる夕つ日の真赤きいろの歌心《うたごころ》もが

「サキクサ」の庄内おばこのどち迎ふ「こばえちゃこばえちゃ」集ひ来にけり

出羽山影

神神に守られあるか庄内の広き平《たひら》は山をめぐらす

うすらにも空に現るる山影を鳥海《てうかい》山かと問ふに人は知らずき

みたび来てあふことを得たり出羽の富士薄薄として峰の現る

庄内に来りて求《と》むるあしひきの山影は月山《ぐわっさん》鳥海《てうかい》の山

こちかともばかり見てゐし月の山思はぬ方にその背あらはす

いつかしき羽黒の山と思ひしを登るたをりに野菊むれさく

山伏の吹く法螺《ほら》の音《ね》にしたがひて木の根踏みゆく羽黒の宮へ

出羽《いでは》なる三山《さんやま》の宮のきざはしの高ければ心《しん》病む夫はのぼれず

杖をひく芭蕉の像の翁《おきな》とはいへど未だも若かりしかな

羽黒山三山の神に詣でしが下《くだ》り来てその山影を見ず

君つねに見ます山とぞ野に近き母狩《ほかり》金峯《きんぽう》指さし給ふ

大瀧市太郎氏

夕晴れて見えくる山の鳥海の山腹《やまはら》の紅《こう》もみぢなりけり

新雪のかがやく月山鳥海山ふたつながら見ゆ今日の秋晴れ

雪かづく月山の背をはるけくも越えゆく鳥影白鳥の群

一蓮托生

晴れわたる空に連なる山脈《やまなみ》のひとところま白き雲の凝《こご》れる

山のあひ真白き雲の立つ方《かた》へわれら入りゆく最上川に沿ひ

いにしへゆ最上《もがみ》の峡《かひ》に生ひつぐとふ神代杉《じんだいすぎ》は深きまみどり

最上川遡りくれば秋晴れはいづくにか去りさ霧とざせる

つね霧のとざせる里とぞ最上川を遡り来しこの山峡は

最上川の流れの上に舟うかべ下《くだ》りゆくわれら一蓮托生《いちれんたくしやう》

最上川漲る水面の日のさすやきらめき渡る透くとにあらねど

最上川深き底ひの見えざれば心安らに舟下《ふなくだ》りゆく

義経も芭蕉も子規も下りしとふ跡はとどめず流れゆく水

北国の川にしあれば蒼暗み最上の川は深さ知らえず

両岸《もろぎし》の観音いくつに見守られ舟下《ふなくだ》りゆけば巡礼に似る

ダーリア咲かす

もののふの刀《たう》を鍬に替へ拓《ひら》きし地百年を経てダーリア咲かす

ここだくの天竺《てんぢく》牡丹を咲かしめて今し花畑開墾場は

大輪の白ダーリアの落ちてゐぬ拾ひ給へといふ如くにも

あまたなるこれの土鈴のひとつひとつ振りてもみたし戯《たは》ぶれの如

居並べる土人形に故里のでこもありけり忘れゐしもの

ふるさとに清正公《せいしやうこう》さんと親しみしその名にあへり出羽松ヶ岡

髪も結《ゆ》はず夜さへ寝《い》ねずと幽閉の清正公夫人ここにひと月

低き木の枝はしなひて実の垂るる庄内柿は網をかづける

庄内の柿の畑はどこもどこも網に蔽はれ守られてあり

出羽拾遺

神山《かみやま》の出羽の月山《ぐわっさん》牛の臥す姿に似ると聞けば親しも

ふるさとの雲辺寺山《うんぺんじざん》に似たるかな出羽の月山臥牛《ぐわぎう》の姿

頂きは雪をかづける鳥海《てうかい》の山腹紅《こう》にもみづるあはれ

山腹のもみぢのくれなゐ匂へれば婚姻色なる魚《いを》を思へり

鳥海は山裾長く引き延《は》へて海に入る故かなしと見たり

潮鳴りを身にきく山か鳥海の裾廻《み》直接わたつみに入る

湯野浜の宿に見てをり真赤なる夕つ日刻刻海に沈むを

夕つ日の忽ちにして入りゆけば海ばら厚らの漆黒の闇

鶴岡の街ゆき逢ひし椨《たぶ》大樹忘れざるべし人の如くに

冬されば雪に埋もるる田や家と見つつしめぐる庄内平野

みちのく上山行

最上川さかのぼり来て月山《ぐわっさん》のうしろに出づれば西東《にしひがし》わかず

名にききてなつかしき地の尾花沢《をばなざは》大石田《おほいしだ》天童《てんどう》過ぎて山寺《やまでら》

麓にし立ちて仰ぎて名に高き山のみ寺に詣でず去り来

珍しき名は聞きにけりみちのくに置賜《おきたま》とふは古き国の名

上山《かみのやま》コスモス色濃く咲くところ先づわが一歩をしるしたりけり

上山は山峡の町わが渡る橋のしたには鉄路通れる

茂吉かく「ゆ」の字の白き紺暖簾くぐりて湯に行く上山の宿

蔵王嶺の全《まつた》きを見よと茂吉詠むその全きに今日あへりけり

こち方《かた》を西とおもへば東にて大いなる月のぼり来にけり

朝霧の下《お》り居《ゐ》沈む上山の町ただ白しいらかは見えず

群青

同人誌「群青」五十号に寄す

群青《ぐんじやう》を湛ふる山のみづうみの絵の具のごとし何描《ゑが》けとや

大いなる櫸のささぐる裸枝《え》のたゆたふ空の深き群青

わたつみの色と思へりあぢさゐの傾《なだり》うづむる花の群青

この蒼き海の果たてはオロシアか若き日夫《つま》の俘虜たりし国

青海にうかぶ小島のそのめぐり寄する白波みそぎの如し

ひさかたの空の紺青わたつみの海の群青ひとつ天地《あめつち》

カシオペアの星座のあたり紺深く天《あめ》の井を汲む少女《をとめ》はゐずや

天狼《てんらう》の蒼きひかりを見て眠る夢にはげしく燃ゆるものあれ

朔風

来し方を思ひみるとき朔風《さくふう》につね真向かへるわが姿あり

クロカスは咲きゐたりけり日の光今日明るしと見やるさ庭に

歌碑除幕　平成九年四月十二日

わが歌碑の除幕の今日を南から北から三百のひと集ひくれぬ

過ぎたりと思ひしさくらしろしろと咲き残りゐて今日を嘉《よみ》すか

「サキクサ」の四百五十人の赤心《せきしん》の一つに凝《こ》りてこの歌碑や生《あ》る

わが歌碑は若葉のしたに絖《ぬめ》をもつ白布《はくふ》にくるまれみどり児のごと

女童《めわらは》を助くと友ら誰《たれ》も誰も除幕の綱は握りくれたり

わが歌碑の幕おろされしその時しどよめきは立つ潮の如く

高らかに読経の声のひびかひて歌のいしぶみに沁みはゆくなり

烈しくも木剣《ぼくけん》振られて音するどし邪悪はいまし断ち切られたり

春日差しあまねくもとの加持《かぢ》祈禱大慈《だいじ》はまさに降《くだ》りたまへり

歌のいしぶみ

萌え出でし若葉のそよぎ日の光浴みて安けし生《あ》れたる歌碑は

筑波嶺の嬥歌《かがひ》の声も知るべしやそこゆ生《あ》れたる稲田の石は

幾つ世を君がみ山に眠りゐし石なりこの世の光り浴み初む

この石にこもる年月《としつき》知るべくもあらず真向かふわが歌碑として

生《あ》るるべく生《あ》れたる歌碑か今ここに遠き昔ゆかくある如く

さくら色仄かに匂ふ白き石わがためにこそ生まれ出でしか

鏡板の黒き御影《みかげ》の澄み澄みてここに立つ人映してやまず

幾たりの人立たすべし歌碑の前御影の鏡板ひとり知るべし

とことはに歌詠む人の心所《ど》に明かりともせよ歌のいしぶみ

わが歌碑に涙しくれし人ありと聞けば泣かゆもひとりひそかに

ゆりのはな

ことほぎのかの日の華やぎとどむとて賜ひし百合の未だも匂ふ

牡丹ざくら

みつしりと咲きて日光《かげ》を通さざる牡丹ざくらは花暗みせる

五月尽日

この年はいつと待ちゐしほととぎす声聞きにけり五月尽日《じんじつ》

水無月抄

わが庭にひとつ蛙子鳴き出でて隣りの犬のよく吠ゆるかな

紫陽花は雨欲しげなり六月の日照りに藍の白けだちつつ

この年は総《ふさ》の道辺のそここに銭葵《ぜにあふひ》の花ここだ咲き立つ

真白なる立葵の花咲かしめて梅雨を清らのこの門先は

花明かりせし日を思ひつつ黒ずめる葉桜のした通り来りぬ

六階の窓にしあれば飛ぶ鳥の影さへ低くまなしたに見る

六階の窓にわが見る視野のなか動くものひとつ高架ゆく電車

のぞみの如し

水無月はけぶらひやすく彼方なる高層ビル群いつしか見えず

彼方なる高層ビル群遠く見え近く見えして霧うごくらし

山のなき千葉の空にし遠見えて望みの如し高層ビル群

奥阿賀行

阿《あ》賀《が》の川さかのぼり来て奥つ方会津《あひづ》にあらずいまだ越後路

赤き肌岬の如く突きいでて赤崎山とふ名をうべなへり

鹿瀬《かのせ》とふ無人の駅なり立葵咲き立ちならび迎へくれたる

山国はあしたの霧の深くしてさ霧のなかにほととぎす鳴く

朝霧のなかより聞こえほととぎすの声遠くなり近くなりつつ

繭ごもる如くにゐたり大いなる和紙もて囲へる明かりの中に

ゆたかなる流れをゆくは安けしも手の届く近さに水面を見つつ

奥阿賀のゆたけき流れ波立たず時のとどまる静けさにあり

阿賀の川渡しの跡とぞ岸の辺に屋根かけられて小舟寄せらる

いかな夢もちて渡りし小さなる渡しの舟に日吉丸とあり

奥阿賀の青き流れの精としも羽振《ぶ》きとびゆく青き鷺はも

奥阿賀の流れにひと日をのびらぎて船遊びせし君らが賜物

再び奥阿賀行

奥越後青葉黒ずむ時を来て山かげに白きのりうつぎの花

奥阿賀の流れを行きて遇ひしもの水泳ぎゆく長きくちなは

青鷺といへどその羽青からず灰色帯びて翁《おきな》さびたる

奥阿賀の青き流れを羽振《ぶ》きゆく青鷺は水に映るとになし

山深き青き流れに白妙を映して咲くは山法師の花

白妙を水に映して咲くからに夢見るごとし山法師の花

青鷺は番《つがひ》にあるか枯松の上枝《ほつえ》下枝《しづえ》にふたつ止まれる

奥阿賀の青き水面をわたりくる青水無月《あをみなづき》の風の匂ひや

木下かげ塑像《そざう》のごとく釣人の糸垂れてをり水面《みなも》見つめて

流るるとなくたゆたへる青き水遠きいにしへゆかくは湛ふか

注ぎ入る細き流れの見えにけり汀に砂の盛りあがる間《あひ》

水の上行くなつかしさ前《さき》の世は魚《いを》にてありしと思ほゆるまで

鉄橋のかかるを仰ぎ潜りゆきかつくぐり帰る奥阿賀の川

上《かみ》つ方岸《かた》辺に白き花咲くを心残して下り来にけり

山　鳩

日ざかりを鳴き出でにける山鳩の声を聞きつつ眠たくをりぬ

短夜の夢

植ゑられしばかりの早苗の針ほどの細きが水面《みなも》にかつがつ覗く

早苗田はうすきみどりに澄み澄みて方形《はうけい》つづく美《くは》し田園

ことしまた小学校よりアマリリスの歌うたふ聞こえ夏は来にけり

いついつと待ちしほととぎす啼きにけり青葉曇りの五月とある日

蒲公英《たんぽぽ》の黄に群れ咲きしは幾日前《か》けふ真しろなる絮毛《わたげ》の群落

梅雨の蝶白きは目に立つどこもどこも緑色濃く茂り来ぬれば

白蝶のふたつもつれて垂直に昇りゆきつつ天のどこまで

梅雨に濡れ水玉ここだとどめ咲く姫女菀《ひめぢよをん》の花白きも白し

霧のなか聞こえてひとすぢ低き音《ね》は霧笛と知れり海近ければ

湾岸をゆくは楽しゐ大き船小さき舟あまた沖に浮かぶを

六月のけぶれる海に浮かぶ船おぼろかにして夢の如しも

霧晴るる時おぼおぼと現れて姿見せくる高層ビル群

六月の富士の高嶺は雪の筋ほそぼそ引けば痩せて見えたり

遠ざかりまた近づけるひとつ影誰とも知れず短夜《みじかよ》の夢

聞こゆともなく聞こえくる風鈴のかそけき音は記憶に似たり

こちら向きゐし

学校より帰る幼き子ろのため林檎を剝けば林檎かぐはし

花好きのタクシー運転手咲かせゐる薬玉《くすだま》椿を語りて止まず

海にむきますぐに通る運河あり額縁《がくぶち》のごと水門ひらく

深くふかく入りくむ港は母のごとあまた船泊《は》つ風荒るる日は

すくやかに歩みをはこぶ遍路ゐて白装束に汚れはあらず

蟬のこゑ絶えてこの朝きこえくる山鳩のこゑ四十雀のこゑ

巡礼のうちふる鈴の音に似て鈴虫鳴けば儀式のごとし

彼岸花むれさくところ小さなる石仏いくつ埋もれておはす

しろがねの高層ビルのうすらかに霞まとへば生けりとも見ゆ

小春日の海の沖つ辺大き船小さき舟あまた市《いち》なす如し

わが駅のホームにつねゐる鶺鴒をみれば必ず二羽連れだてる

行きに見て帰りに見ざりし向日葵の花をし思ふこちら向きゐし

しぐれ降る日をはじめてに啼きいでし山鳩の声聞きの親しさ

寺泊抄

いづくにも石蕗《つはぶき》の花咲かしめてこの里しづか青海に向き

み寺なる長き石段《きだ》の両かたへ石蕗の花咲き埋《うづ》みたり

石蕗は今日のひと日に咲き満てりと傾《なだ》り埋《うづ》めて黄色しるけし

かほどまで咲きてはあらずき石蕗《つは》の花かつて訪ひ来し二十年前は

石蕗《つは》の花咲けるなだりの暮れゆきて空にその黄の夕星《ゆふづつ》ふたつ

いにしへに為兼《ためかね》初君《はつぎみ》別れせしあはれをとどむ歌のいしぶみ

み寺には山茶花ひともと花咲きて人あらずけり朝の静けさ

日の本《もと》の柱とならんと日蓮の獅子吼《ししく》の像やまなこ見開く

真向かひに佐渡が島山《しまやま》明らけく見えわたる時ときめきのあり

長長と佐渡が島山横たはり藍深ければ生けるが如く

ひと日

怠るにあらねどひと日瞬くまに過ぎし歎きを今宵もしたり

石踏の里

夕暗《くら》み着きたる里の丘なだり花明かりせり黄なる石蕗《つはぶき》

海黒く暮れゆき余光の明かる空大き星ふたつ金星木星

海に沿ひ裏は山なるこの里に寺あり社《やしろ》ありまた寺のあり

寺泊《てらどまり》いづこを行きても石蕗《つは》のはな咲き埋みたり黄色しるけく

この里に生きし人らの霊《たま》眠るみ墓みつしり海見ゆる丘

良寛の妹むらの墓とあれば額《ぬか》づきてゆくその面《も》知らねど

良寛の三たびを来り籠りしとふ密蔵院は海見はるかす

野菊咲く道の曲がりのままに来て鳥居に入りゆく十二社とあり

日蓮の獅子吼《く》の像あり右手《めて》高くかかげて左手《ゆんで》は数珠を握れる

あまりにも穏しき秋の日和なれ寺泊に来て海鳴り聞かず

日蓮が寺泊御書《ごしよ》をかきたまひし硯の井戸は屋形《やかた》に蔽はる

越《こし》の海青くひらけて温《ぬく》とければ汀にゆきてわが手浸《ひた》せり

黄蝶《きい》は紛れやすしも石蕗《つはぶき》の花の黄色といづれかしるき

玉の如き秋日と言はむ越《こし》の国良寛尋《と》めて尚尚まどか

ひさかたの秋日まどけき越《こし》行きて何がな寂し君の来まさず

幼子のごと

歌詠むを幼子のごと歓びてゐたまひし君はや身罷りぬ

菅原翠氏を悼む

斎藤茂吉追慕歌集抄

仰ぎみる夜空つゆけみ吹きおろす涼しき風は天の川辺ゆ

平成七年

初めてに蔵王《ざわう》は見たり山肌の薄紅さして紅葉《もみぢ》けぶるを

平成八年

みちのくの蔵王は全《まつた》き姿見すもみぢの紅《こう》のうちけぶりつつ

平成九年

海原に道ある如し月読《つくよ》みの光ひとすぢ天垂《あまた》らしたり

平成十年

越後吟抄

長岡の街明かるかりななかまどの並木は葉も実もみな真赤くて

越訪《こし》へば集ひてくる人人《ひとひと》のありて嬉しも「サキクサ」のどち

きのふまで知らざりし人と越《こし》めぐる良寛法師のまどけき心に

崖《まま》の面《も》の風穴とふに耳寄せぬかすかに冷ゆるものの伝ひ来

風穴のかたへに咲くは何の花問へば答へくれぬ白山菊と

このたびは良寛知らざりし吊橋をわたり訪ひ来つ五合の庵《いほ》に

良寛のいまさずなりて幾年かいますが如く人あまた訪ふ

訪ひ来しはいくたびならむ五合庵今日は木立の蔭をさびしむ

黄のもみぢ朱のもみぢを拾ひつつ五合の庵をまかり来にけり

五合庵下り来りし寺庭にしろしろと咲く秋のさくらは

地に低く埋《う》もるる如き石仏にいくたび逢ひし越路《こしぢ》めぐりて

初もみぢ

この年の初のもみぢは弥彦《いやひこ》の神の宮居《みやゐ》にあひて尊し

初もみぢ上《ほ》つ枝《え》はつかに紅《こう》させる初初《うひうひ》しさや日に匂ひつつ

この年の初のもみぢのひともとの弥《や》彦《ひこ》の宮居にあれば贄《にへ》とも

日に匂ふくれなゐもみぢ行きに見て帰りにまた見つ色異なれり

針葉の秋をみどりにふさふさしき落羽松《らくうしょう》なりまた来て会へり

秋日和国上《くがみ》の山の形見とてもみぢ葉拾へば幼さびつつ

秋うらら越路の行《かう》のまどけさは玉の如しよ神や賜ひし

公孫樹黄葉

わが指に誕生石の黄のありて車窓に公孫樹《いちやう》の黄葉《もみぢば》つづく

木の間道

車窓よりつねに見て過ぐるひと筋の木《こ》の間道《まみち》あり通りてみたし

西下《さいか》車中吟

白髪の美《は》しき人ゐてわが車内そこより静けさ漂ふ如し

女学生と乗り合はす旅たのしけれ笑ひさざめく声を聞きつつ

多摩川のけふはけぶりてゆく水のとどまる如しうすき縹《はなだ》に

とぶ鳥と並びて魚《いを》のごとくゆく飛行機のあり空の低きを

ふるさとに向かふひとりの旅なればわが物思ひほしいままなり

藍色に和《やは》らぐ富士や雪なくて低くし見ゆれば親しかりけり

彼の世へと遠去りゆくか富士が嶺《ね》の白きさ霧に捲かれ隠ろふ

隧道を抜くればいかなる景ならむぬばたまの闇長くつづける

大井川清らに白き砂利敷けるあはひを縫ひて流れ細しも

茶畑は冬くる前の深みどり山のなだりに畝《うね》のさやけく

天龍の川水あをく白鷺のきはやかにして沈思《ちんし》のすがた

ひとむらの飛びゆく鳥は白妙の折紙の鳥放てるごとし

日のさせる彼方にビルの林立すいづこの街か古代都市とも

名のあらぬ細川なれど秋の水ゆるり流るるは見るにゆたけし

隧道をいくつ抜けきしいまだ日の高くあかるし山陽道は

ふるさとへ夕日に向かひ帰りゆく西方浄土に行くにも似たり

山かげに夕日隠ろふとき寂し短日にして翳りは深し

瀬戸の海島また島の岬とも陸《くが》とも見えて藍に連《つら》なる

渡り来て振りかへるとき大橋のきらめくひかり星影かとも

ちちははの亡きにも馴れてふるさとにひと夜安らぎ眠らんとする

歌集『こちら向きゐし』二六六首　完

あとがき

この集は、『四国一華《しこくいちげ》』につづく、わたくしの第十一歌集です。平成九年の作品を中心にその前後の作品を収めました。

平成九年という年は、「サキクサ」の創刊二十周年記念祝賀会が盛大に行われましたし、思いがけなくわたくしの歌碑が建立されるという記念すべき年でした。

この歌碑の石は、同人の茨城県西茨城郡友部町（現在は、笠間市）に住む「サキクサ」同人の飯村甚之助氏の持山から出た自然石で、生まれるべくして生まれ出たような不思議な縁を覚えるのでした。

また歌碑の建立された、千葉県茂原市の茂原公園は、東の身延と言われる藻原寺の持山でもあり、当時の藻原寺貫首山田日等夫人、山田真妙さんは、わたくしの女学校の一年後輩の方で、そんな御縁から大変御尽力を頂きました。このように、目に見えない多くの方の力により建立された歌碑は、ただただ有難くしあわせな思いがするばかりです。

その反面、平成九年は、主人が入退院を繰り返し、生死の境をさまよう時もあり、いっときも心の安まらない年でもありました。主人の看取りと「サキクサ」の選歌編集や、その他原稿執筆など、ほんとうに苦しい困難ななかからの作歌でした。

それでも、会員や家族の協力により、地方の歌会など、たまさかの小旅行の詠草があるのはありがたいことです。しかし、大方が籠り切りの日常生活のなかでの属目詠、また退院後の主人の通院に付き添っての行き帰りの属目詠などが多いように思われます。

ある夏の日、夫に付き添って病院へ行く道に、塀の内より高く咲き立ってこちらを向いていた向日葵の花が、印象的で目にとまりました。それが、帰りには、目にはいらずいつの間にか通り過ぎてしまっていたのです。その向日葵の花が忘れられず、

行きに見て帰りに見ざりし向日葵の花をし思ふこちら向きゐし

と詠みました。大輪の黄色鮮やかな花が、ただ一度の出会いだっただけに、何かの啓示のように、希望の明かりのように、折々思い出されてくるのです。

「こちら向きゐし」を集名とした所以です。

平成十二年三月　片栗庭に咲く日に

大塚布見子

文庫版あとがき

歌集『こちら向きゐし』は、わたくしの第十一歌集になります。平成十二年当時、『大塚布見子選集』全十三巻の刊行が始まっており、次の第十二歌集『菊の秋』と共に『大塚布見子選集第六巻　歌集6』として収めました。

このたび、現代短歌社の文庫シリーズに加えさせていただき、単独の歌集として世に出ますことを喜んでおります。

多くの方々にお読みいただけたら幸いに存じます。

出版の労をおとり下さいました現代短歌社社長道具武志様はじめ今泉洋子様ほかスタッフの皆様に厚く御礼申し上げます。

平成二十七年七月吉日

大塚布見子

解説

中井延子

大塚布見子第十一歌集『こちら向きゐし』は、『大塚布見子選集』「第六巻歌集6」に収められていたものを、この度はじめて単独の歌集として出版された。まず集名『こちら向きゐし』から見てみたい。

或る夏の朝偶然出合った向日葵を詠んだ歌、

行きに見て帰りに見ざりし向日葵の花をし思ふこちら向きゐし

この歌の結句から取られたものである。

この一首は「行きに見て」とさりげなく詠み出し淡々と詠み進み、結句「こちら向きゐし」でぐっと向日葵を身に引き寄せている。

朝日に向って輝く向日葵と作者の一期一会の束の間の交歓、はっとするような唯ならぬ出会いが詠まれている。「あとがき」には、「大輪の黄色鮮やかな花が、ただ一度の出会いだっただけに、何かの啓示のように、何か希望の明かりのように、折々も思い出されてくるのです」と書かれている。この集には夫君の看病とサキクサ主宰としての忙しい仕事との両立に苦しむ日々に詠まれた歌が収められている。

著者の歌論集『短歌雑感』（一首の背後にいる「我」）の中に「外界との出会い――木や、草や、月、風、雲などといった己れを取りまく外界との出会いによって、歌を詠むとき、それらはすべて己れを認識させるものでなければならない、つまり外界は己れを映す鏡であると言ってよい」と書かれているが、真夏の日に向って咲く向日葵に励まされたというこの「こちら向きゐし」は、集名としてまことにふさわしいものであろう。

巻頭「夜明け九十九里」は、著者の最も身近な海辺で詠まれた一連である。

日はいまだ出でぬに海境《うなさか》仄かにも虹の色さし匂ひ初めたる
海境《うなさか》に曙の色見え初めて時長かりき日の出づるまで
天地《あめつち》の明け放たれておもむろに日は出づるなり橙黄《たうくわう》の円

寒い冬の未明の浜に佇み、長い時間水平線の一点を凝視する目差しが一途である。

表現はあくまで柔らかく平明でありながら内容は透徹している。

『短歌雑感』（大切の柳一本）には「詠まんとする対象の根源へ根源へと入り込み、没我となって自然に純化していけば、そこにはもう意味をもたせるとか、心象を盛り込むなどという余分な細工は出来ないはずである。歌のもつ真のひびきは、観念を離れた没我の境地の中にこそ生れるもので、しぜん単一化され、平明になり、叫びとなっているものなのである」とあるが、まさに己れと自然が一体となった至福の時間ではなかったろうか。

創刊二十周年記念の歌碑建立は、この集の核となる歌群である。「あとがき」によれば、この歌碑の碑石は、サキクサ同人で茨城県友部町（現笠間市）在住の飯村甚之助氏の持山から出た自然石で、建立されたのは女学校の後輩山田真妙氏の尽力により千葉県茂原市藻原寺の持山、茂原公園である。「目に見えない力により建立された歌碑は、ただただ有難くしあわせな思いがするばかりです」と書かれている。そして除幕式には全国のサキクサ会員が集い、感激を共有したのであった。

わが歌碑は若葉のしたに絖《ぬめ》をもつ白布《はくふ》にくるまれみどり児のごと

わが歌碑の幕おろされしその時しどよめきは立つ潮の如く
春日差しあまねくもとの加持《かぢ》祈禱大慈《だいじ》はまさに降《くだ》りたまへり
幾つ世を君がみ山に眠りゐし石なりこの世の光り浴み初む
この石にこもる年月《としつき》知るべくもあらず真向かふわが歌碑として
生《あ》るるべく生《あ》れたる歌碑か今ここに遠き昔ゆかくある如く

大昔から山に眠っていた自然の石が掘り出され、磨かれ、歌が刻まれ、読経によって命が与えられて行く過程がつぶさに詠まれている。言霊の宿る瞬間でもあろうか。

旅の歌が多いこともこの集の特徴である。

海の辺の草丘なだり風のむたゆれゆれて目に沁む薊《あざみ》のむらさき
雪かづく月山の背をはるけくも越えゆく鳥影白鳥の群
山深き青き流れに白妙を映して咲くは山法師の花
白妙を水に映して咲くからに夢見るごとし山法師の花

その時、その場所で出会うべくして出会った花や鳥が鮮烈な印象である。どの歌も体言止めで座りよく調べが美しい。

流るるとなくたゆたへる青き水遠きいにしへゆかくは湛ふか
水の上行くなつかしさ前《さき》の世は魚《いを》にてありしと思ほゆるまで

奥阿賀の豊かな流れを前にした感慨が詠まれている。

『短歌雑感』（生の確認とは何か）には「この世に自分一人しか生存していないとしたら「私」という自覚は起り得ないだろう。自分をとりまく外界があってこそ、はじめて己れの自覚があるのである。そして歌は、その外界とのふれあいによって生ずる詠嘆であり、己れの認識であり魂鎮めであると言ってもよい」とある。

義経も芭蕉も子規も下りしとふ跡はとどめず流れゆく水
両岸《もろぎし》の観音いくつに見守られ舟下《ふなくだ》りゆけば巡礼に似る

玉の如き秋日と言はむ越《こし》の国良寛尋《と》めて尚尚まどか
地に低く埋《う》もるる如き石仏にいくたび逢ひし越路《こしぢ》めぐりて

庄内、出羽、みちのく、奥阿賀、越後と北を行く旅から抄出した。

『短歌雑感』（詩的真実）には「『荒海や佐渡に横たふ天の河』の芭蕉の句にしても、ただ雄大な自然の景を詠んだだけでなく、佐渡という島のもつ歴史や、歴史の中に生きた人々の人生というものが背景となっている自然である。（中略）自然詠といい、人事詠といい、客観詠といい、叙景歌と言ったりはするが、本当はそのようにわけられるものではなく、自然の中に人生があり、人生の中に自然があるのである。（中略）芭蕉は一生を旅にあって、風雅、即ち芭蕉にとっての詩的真実を求めてやまなかった。そこには厳しい道を求める精神があった。歌を詠む私達もそうした精神をつねに心がけたいと思う」とあり、どの歌にも共通しているのは、昔から今に至るまでの土地々々の自然と人の営みを深く慈しみ、敬虔な気持で受け止めていることである。

ふるさとに向かふひとりの旅なればわが物思ひほしいままなり

ふるさとへ夕日に向かひ帰りゆく西方浄土に行くにも似たり
瀬戸の海島また島の岬とも陸《くが》とも見えて藍に連《つら》なる
ちちははの亡きにも馴れてふるさとにひと夜安らぎ眠らんとする

『短歌雑感』(自然の中に生きる証しを)の中で著者は「いま短歌における自分史というものを考えた時、わたしのばあいはやはりふるさとの瀬戸内の明るい自然にその起源があるようである。讃岐というふるさとの山と海とのもつ明るさの中に、わたしは素直に自分の命をあずけ、埋めるようにして来たし、そこにわたしの生きの証しのようなものを見ようとして来た。(中略)ふるさとの自然がわたしのいのちであり、安らぎの場でもあり、またそれらを詠みつづけることでわたしは自分の真実の声をきいて来たように思う」と言っている。

この集には後向きな作品は一首もない。向日葵に象徴されるように向日性のある歌のみで成立している。明るい瀬戸内の自然の中で培われた向日性であろうか。

来し方を思ひみるとき朔風《さくふう》につね真向かへるわが姿あり

何事にも怯まず、常に前向きに歩み続ける著者の心の強靭さ、明るさ、しなやかさがそこにはある。

そしてどの一首にも歌論に裏打ちされた揺ぎない信念が力強く脈打っているのである。

大塚布見子略年譜

昭和4年（一九二九）
十一月三十日、香川県観音寺市に生まれる。

昭和11年（一九三六）　6歳
四月、柞田《くにた》小学校入学。

昭和17年（一九四二）　12歳
四月、香川県立三豊高等女学校（現観音寺第一高等学校）に進学。校歌は短歌三首より成り、作歌さかん。「形成」同人の南信一校長より短歌を学ぶ。

昭和20年（一九四五）　15歳
昭和二十年春より学徒動員。白河航空にて航空機部品をジュラルミンにて造る。それは零戦であったらしい。
八月、海岸の磯山に工場を移転するべく壕を掘っていた時、終戦の詔勅を聞く。

昭和22年（一九四七）　17歳
奈良女子高等師範学校国文科に合格して、木枝増一教授のもと国文法を研究せんとせしが、戦後の自由主義への憧れ強く東京女子大学国語科を選び上京、寮生活に入る。担任の万葉学者、アララギ会員、藤森朋夫先生に学ぶ。

昭和24年（一九四九）　19歳
東京女子大在学中に、宇野千代、北原武夫のスタイル社の入社試験を受け、多数の受験者中一人採用され一時期勤務。

昭和25年（一九五〇）　20歳
和田芳恵編集「モダン・ロマンス」に移り、顧問の久米正雄、小島政二郎ほか作家らとしばしば面談、多くを学ぶ。

昭和26年（一九五一）　21歳
四月、作家大塚雅春と結婚。仲人は、土師清二、山岡荘八の二氏であった。

昭和27年（一九五二）　22歳
七月、長男雄作誕生。

昭和29年（一九五四）　24歳
四月、長女かの子誕生。

昭和30年（一九五五）　25歳

神奈川県葉山町に住む。花田比露思の「あけび」にいた夫や佐藤佐太郎の「歩道」にいた早稲田大学在学中の弟らと毎週歌会を持つ。

昭和34年（一九五九）　29歳

長男成蹊小学校入学の為、東京都練馬区に住む。これより土師清二の「土日会」、山岡荘八の「青涛会」、梶野悳《とく》三の「二十日会」などに出席。

昭和47年（一九七二）　42歳

夫がシベリアでの捕虜時代、セメント袋の紙切れに短歌を詠み合った仲間の松村満雄氏の紹介にて、尾山篤二郎創刊「藝林」に入会。

昭和51年（一九七六）　46歳

女人短歌会入会。

昭和52年（一九七七）　47歳

「藝林」が当時遅刊、休刊の状態であったため、九月、意を決して歌誌「サキクサ」を創刊。草の根的に会員を開拓、その指導風景が毎日新聞に掲載され、またテレビ東京に放映されたこともあって、ようやく全国的に入会者があり、又長男雄作在学中に東大支部を作り、東大にてサキクサ歌会をもつ。

昭和54年（一九七九）　49歳

「女人短歌」に東京女子大時代の恩師松村緑先生の研究された「石上露子」をかく。

昭和58年（一九八三）　53歳

三月、第一歌集『白き假名文字』（表現社）刊。十月、第二歌集『水莖のやうに』（表現社）刊。

昭和60年（一九八五）　55歳

一月、夫、狭心症のため入院。退院後、六月、千葉の現住所に移る。二月、第三歌集『霜月祭』（短歌新聞社）刊。三月、日本現代詩歌文学館が北上市に設置されることを記念して、芸風書院より日本現代歌人叢書が刊行されることになり、三歌集よりの自選歌集『玉藻よし』を刊行。四月、学士会館に於て「大塚布見子三歌集出版記念会」を行う。

昭和61年（一九八六）　56歳

評論集『短歌雑感』（短歌研究社）刊。日本文芸家協会会員となる。夫を可愛がってくれていた青野季吉氏が会長にて歓迎して下さった。「サキクサ」が優良歌誌として日本短歌雑誌連盟より表彰される。

昭和62年（一九八七）　57歳
五月、「サキクサ創刊十周年記念祝賀会」を鉄道会館ルビーホールにて行う。

昭和63年（一九八八）　58歳
五月、第四歌集『夏麻《なつそ》引く』（短歌新聞社）刊。評論集『続短歌雑感』（短歌研究社）刊。日本歌人クラブ中央幹事。別冊「サキクサ創刊十周年記念号」刊行。

平成元年（一九八九）　59歳
第五歌集『南総賦』（短歌新聞社）、評論集『続々短歌雑感』（短歌研究社）刊。四月九日、河内弘川寺に於ける西行法師八百年遠忌法要に参列、西行墓前にて一首献詠。

平成2年（一九九〇）　60歳
第六歌集『ゆきゆきて』（不識書院）刊。

平成3年（一九九一）　61歳
毎日新聞に「私の短歌作法」五回連載。「千葉県国民文化祭」短歌部門選者。「短歌春秋」に「三ヶ島葭子」執筆。『短歌歳時記』（短歌研究社）刊。歌誌「窓日」全国大会にて「平明歌と難解歌について」講演。

平成5年（一九九三）　63歳
第七歌集『山辺の里』（短歌新聞社）刊。

平成6年（一九九四）　64歳
第八歌集『遠富士』（短歌新聞社）刊。「短歌現代」に「新しい短歌の作法」連載。

平成8年（一九九六）　66歳
第九歌集『夢見草』（現代女流短歌全集21）（短歌新聞社）刊。『続々短歌歳時記』（短歌研究社）刊。

平成9年（一九九七）　67歳
サキクサ創刊二十周年記念事業の一つとして「さくらはな」の歌碑建立（千葉県茂原市茂原公園、桜の名所百選）。サキクサ創刊二十周年記念祝賀会（千葉市東天紅ウエディングプラザ）開催。『新しい短歌の作法』（短歌新聞社）刊。第十歌集『四国一華』（短歌新聞社）刊。

平成10年（一九九八）　68歳
「短歌四季」春号に「大塚布見子アルバム」特集。三月、別冊「サキクサ」二十周年記念号（三〇六頁）刊。

平成11年（一九九九）　69歳
『大塚布見子選集』十三巻（短歌新聞社）の刊行始まる。岐阜県国民文化祭短歌部門選者。千葉県歌人クラブ副会長。

平成12年（二〇〇〇）　70歳
第十一歌集『こちら向きゐし』、第十二歌集『菊の秋』を『大塚布見子選集』第六巻（短歌新聞社）として刊行。『大塚布見子選集』第七巻刊行。五月一日、夫雅春死去。

平成13年（二〇〇一）　71歳
八月、『大塚布見子選集』全十三巻に対して第三回島木赤彦文学賞受賞。表彰式並びに記念講演「島木赤彦と平福百穂に学ぶ」。十月、歌誌「あけび」全国大会（学士会館）にて「短歌再考」講演。十一月、全会津短歌大会講師。『大塚布見子選集』第十巻、第十一巻刊行。

平成14年（二〇〇二）　72歳
八月、山形県鶴岡市白山だだちゃ豆記念碑にだだちゃ豆の歌一首刻まれる。十月、新潟県佐渡島、鷲崎の鷲山荘文学碑林に「ほうやれほ」の歌碑建立、除幕式を行う。「やまがた文学祭」に於て「日本語の詩としての短歌」講演。『大塚布見子選集』第八巻、第九巻刊行。

平成15年（二〇〇三）　73歳
『大塚布見子選集』第十二巻、第十三巻刊行。十月、『大塚布見子選集』十三巻により第二十一回日本文芸大賞、現代短歌賞受賞。『大塚布見子選集全十三巻』（短歌新聞社）の出版記念会を千葉市の「ホテルグリーンタワー幕張」にて開催。第一歌集『白き假名文字』が短歌新聞社文庫として刊行。「年金時代」歌壇選者となる。十一月、茨城県結城市、下館市、千葉県鴨川市等各文化祭短歌大会講師。

平成16年（二〇〇四）　74歳
ユニセフチャリティー講演「桜の歌」（千葉市にて）。六月、香川県観音寺市市民会館にて特別講演会講師として「伝統詩としての短歌―美しい日本語の詩」講演。第十七回喜志子忌短歌会（塩尻市短歌館）にて「私の短歌」を講演。十月、目黒区文化祭短歌大会講師。

平成17年（二〇〇五）　75歳

五月、房総一宮館文学碑記念大会講師。六月、「短歌新聞社新現代歌人叢書3」として自選歌集『雪月花』を刊行。十月、茨城県結城市文化祭短歌大会講師。一宮館と結城市は例年となる。

平成18年（二〇〇六）　76歳

九月、高知県歌人連盟短歌大会に於て「『土佐日記』と現代短歌」を講演。「あけび」全国大会（学士会館）にて記念講話「省略の文学短歌」を行う。十一月、山梨県短歌大会にて「自然詠を詠む―己が泉を求めて」を講演。

平成19年（二〇〇七）　77歳

三月、第20回赤彦忌に於て「赤彦の反骨精神」講演（諏訪市赤彦記念館）。四月、千葉県東金市花の短歌大会講師。十月、茨城県下妻市文化祭短歌大会講師。第十三歌集『散る桜』（角川書店）刊。第十四歌集『形見草』（短歌新聞社）刊。千葉県九十九里町短歌大会講師。十一月、『花の歳時記』（短歌研究社）刊。「サキクサ創刊三十周年記念祝賀会」二八〇名出席（ホテルオークラ東京）。

平成20年（二〇〇八）　78歳

三月、『散る桜』（角川書店）『形見草』（短歌新聞社）にて第15回短歌新聞社賞受賞。四月、花の東金短歌大会、六月、「順徳院記念佐渡現代百人一首」選、講評。佐渡にて。古泉千樫追慕短歌大会、十月、九十九里町短歌大会。

平成21年（二〇〇九）　79歳

八月、別冊「サキクサ創刊三十周年記念号」（四二六頁）刊。

平成23年（二〇一一）　82歳

十一月、第十五歌集『百代草』（砂子屋書房）刊。

平成27年（二〇一五）　85歳

六月、『続花の歌歳時記』（短歌研究社）刊。古泉千樫追慕短歌大会講師（千葉県鴨川市）。

本書は平成十二年九月七日短歌新聞社より刊行されました